KB108445

어느 한 날

어느 한 날

초판 1쇄 인쇄 2014년 09월 29일
초판 1쇄 발행 2014년 10월 06일

지은이   최 병 년
펴낸이   손 형 국
펴낸곳   (주)북랩
출판등록   2004. 12. 1(제2012-000051호)
주소   서울시 금천구 가산디지털 1로 168,
            우림라이온스밸리 B동 B113, 114호
홈페이지   www.book.co.kr
전화번호   (02)2026-5777
팩스   (02)2026-5747

ISBN   979-11-5585-371-9 04810
           979-11-5585-393-1 04810(set)
           979-11-5585-372-6 05810(전자책)

이 도서의 국립중앙도서관 출판시도서목록(CIP)은 서지정보유통지원시스템 홈페이지(http://
seoji.nl.go.kr)와 국가자료공동목록시스템(http://www.nl.go.kr/kolisnet)에서 이용하실 수
있습니다. (CIP제어번호 : CIP2014028521)

山佳詩集

일상 I

어느한날

최병년

북랩 book Lab

목차

山佳詩集

허장 세월

무소음의 변화는 속박의 굴레
청량한 바람 소리 벗 삼아
하늘의 숨결을 살피며
역사를 되풀이하려는데

시작을 기다리는 끝은 느릿느릿
자유로우려는 몸짓으로
예나 지금이나 변하지 않는 마음으로
비밀스런 베일을 벗듯 드러낸다.

전쟁을 준비하는 사신들
정작 속내 구린 오늘을 살면서
스스로 이 땅의 주인으로 산다.
내일이 멀지 않은데.

해바라기

해를 따라가는 그리움 안고
고운 아픔
설운 아픔
알알이 영그는 날

지는 꽃보다
그리움보다
사랑을 어찌할까
이별을 어찌할까

하늘 닮을 품에 안긴 채
해는 달 꼬리 잡으려
달은 해 꼬리 잡으려
해바라기 가슴은 오늘도 피고 진다.

바람살이

백의민족 어깨춤을 춘다.
바람살이 오가는 길들을 따라
방황하던 아픔들 잊으려
반만년 긴 세월의 무덤 위에서
하늘하늘 덩실춤을 춘다.

바람의 숨을 쉬느라
가난에 치인 세월이 슬픈 듯
자유에 길들여진 삶도
자유에 억압받은 삶도
억울함에 오기로 산 한풀이다.

하늘은 온 하늘인데
하나로 갈 길이 다른 두 걸음
꼴 난 자존심에 술 취한 노예처럼
바람도 쉬어가는 숲 속에서
스스로 한바탕 몸서리 춤을 춘다.

모정

어머니 당신입니다.
잠들어 있던 날
못 보는데
못 가는데
이만큼 와 있는데

정들인 시간만큼 돌보느라 버린 인생
떨어진 시간만큼 돌아보는 삶의 노래

그리움 속에도
외로움 속에도
괴로움 속에도
한손 한손 남겨진 모정
어머니 당신입니다.

여행

넓은 하늘 아름다운 생명의 땅
주어짐이 당연한 듯
고마움 잊고 제 모습의 길을 간다.

길고 긴 시간
시침과 분침 어울려 엇갈리는 날
물설고 낯설고 말도 설지만
여행은 긍정의 힘이다.

화려해야 한다는 생각으로
술잔 넘치게 따르는 별들
노래를 부르고 춤들을 추는데
생은 목마른 갈증을 나눈다.

이제 태초의 모습을 찾으러
지혜의 광장에서 검은 대륙
그 아프리카로 간다.

어차피

길고 먼 시선으로도
너의 눈물이 가슴에 있는데
하룻밤을 더 보내야 한다.

기억 저편을 흘러가는 시간
세월의 신음소리를 듣지 못한 채
삶의 길에서 얻은 속병

아무도 그날의 아픔을 기억 안 한다.

희생

새벽하늘로도
이만큼의 기쁨을 알 수 없듯
저녁 하늘로도
이만큼의 슬픔을 알 수 없듯

많이 아픈 사람들이
많이 아픈 사람들이
많이 아픈 사람들이
희생을 감내하는 삶.

그날도

별일이다.
별것 아닌 일상으로도
존재는 절망보다 희망일 텐데
만날수록 가까워지는 운명도
만날수록 더 멀어지는 운명도
뜻 없는 현실 속 염원인 듯
침묵은 가급적 느린 호흡으로
천지 사방의 공기를 마신다.

별일이다.
우리가 버리는 것은
우리를 잃어버리는 것인데
기다리다 지친 늙은 낱말들
가득 찬 듯, 들리지도 보이지도 않고
어딘가에 있긴 하겠지만
깨달음으로 찾게 되는 그 날
하늘에선 또다시 씨를 뿌린다.

갈등

슬픈 일이다.
애틋함이 가득한데도
마주 서면 나누지 못하는 정

둘만의 언어로도 얽혀서
삭히지 못한 채
가슴에 쌓인 분노
풀지 못하는 아쉬움
화산이 터지듯
용암은 넘쳐 붉게 흐르고
상처는 깊은 한이 된다.

모두 제 삶이 바쁜데
쓸쓸한 듯
또, 여행길에 선다.

업보일까

만신창이다.
제 것이라면 눈에 보일 테고
제 일이라면 손에 잡힐 텐데

눈물을 흘려도
가슴은 절절하지 않고
그냥 흐르는 눈물일 뿐
텅 빈 가슴이다.

모질게 살 수 있어야 하는데
모질게도 못살고
모질게 살 수도 없는 몸
그래서 아무것도 아니다.

무슨 죄가 그리도 많을까
무슨 죄가 그리도 큰 걸까
미련 곰탱이 얼굴이 웃는다.

열린 세상

태양이 떨어진 古代에
이 땅 위에 피어난 무궁화
석 달 열흘 피고 지길
하루하루 살게 하는 뜻이 큰데

제 덕으로 부족한 욕심
세상살이 걱정을 달고 사느라
낯선 땅에서 너를 잊고
내가 기억에서 잊혀진다면

햇님이 베푸는 풍요로움도
달님이 베푸는 평화로움도
살아온 만큼일 뿐
나아질 것은 없다.

술 이야기

달빛 버린 그림자로 별들의 노래
잠시 잠시 스쳐 지날 뿐

빈 뜰을 채운 작은 영혼들
취할 수 없는 흔들림으로
술잔 속에 녹아드는데

다 버리는 날
다 비우는 날
세월 속으로 가야만 한다.

침묵

거울 앞에 선 날
옷을 벗는 모습이던 계절로 사느라
거울이 알몸인 나를 보고 있다.

믿으면 배반하는
불행을 견디며
행복을 나누며
죽으려 방어본능으로 사는데

하늘도
땅도
바다도 다 침묵을 한다.

통곡하는 침묵으로도
죄를 키우느라
고집 피우는 사람들
아이야, 세상이 소란해도 울지 마라.

지금

귀한 사람들, 나눔의 시간으로
살 수 있는 일이 있어야 한다.

고요한 침묵으로
그늘을 지나쳐가는 햇살
기운찬 함성으로 파멸되도
쉬지 않는 시간으로
흔적을 의식하며 살아야 한다.

한탄하는 한숨만은 홀로 쉬도록.

허기

욕망을 다스리지 못한 자들
오늘을 사느라
하루는 별게 아닌데

어제도 오늘인 듯
먼 옛날, 에덴동산에 서 있는 선악과
허기진 너의 오늘로도
걸리적거리는 잔재물일 뿐
고통의 바다에서 허우적이며
살려는 그 절박함으로
기도하느라 모으는 두 손

그날, 희생의 에덴동산
검은 그림자 짙게 깔려도
욕망을 다스리지 못한 채 가야 한다.

영원

살아도 죽어도
알 수 없는 영혼
살아도 죽어도
숨결만 갈릴 뿐.

이 세상 살다 죽어간
보이지 않으나 있어야 하는 영혼.

가득한 바람처럼
하늘에 별이 되고
바다가 부서진 모래가 되고
이 땅에 꽃이 된다.

늘, 만남과 헤어짐
함께 산다.

꽃

꽃은 환상이다.

아름답고

화려한 모습 갖기로

계절의 유혹을 뚫고

주어진 고통을 이겨

자신을 다 보여주려 활짝 편다.

비록,

멀지 않은 날 질망정.

방황하는 시간

그날 그곳에 갈 수 있을까
저마다, 서로 다른 代를 이으며
삶을 이어 사느라
비열하게 오가는 발걸음으로

그날 그곳에 갈 수 있을까
어느 시간 속인지도 모른 채
잃어버린 서로 다른 시간들
이리저리 돌고 돌며
구질구질한 바람 속을 방황하는데

잃어버린 시간도
잃어버릴 시간도
미로 속을 헤매인다.

인연으로

무모한 듯
펼쳐진 젊음은 멀리 갈 수 있지만
허무한 듯
펼쳐진 젊음은 남겨지지 않는다.

꿈인 듯, 미련도 없이
버려질 세상 사색하듯
제 속 썩어 문드러지는데도

반만년 유구한 역사의 숨결로
한민족 홍익인간 사상의 숨결로
더불어 지켜온 자존의 숨결로

골백번 외침에도
함께 정을 나누며
미련을 남기며 살아간다.

벌레가 산다

두 갈래 기로에서 갈등하는 날
홀로 몸이 부족하여
소리 죽여 우는 벌레
추위에 떠느라
주림에 떠느라
갈증에 떠느라
꽃 같은 시절에도
화려한 날들을 잊으려
제 몸 갉아 먹는 벌레가 산다.

어느 한순간도 버리지 않는 운명처럼
위대한 자연의 숨결 속에서
생지옥처럼
지상 낙원처럼
보이느라 가리고
가리느라 보이는
화려한 부활의 몸짓으로
초라한 날들을 잊으려
제 몸 갉아 먹는 벌레가 산다.

운명의 짐

보이지도 않는 먼 길을 가려는데
어느 것도 제 자리를 지키지 못해
돌고 도는 상생으로의 흐름

보이지도 않는 흔적을 짐작하며
내게 온 것을 베풀어 나누며
남겨져야 할 것으로
제 길을 가야만 하는데

문은 한계에 부딪치는 고립
삶은 고립의 문을 벗어나려는 몸부림
결코 버리지 못하는 운명의 짐
생과 바꿔야 하는 죽음의 노래다.

다 지워지는 날
성찰한 걸음 한 줌 흙으로
생명의 숨을 쉬는데.

너른 세상

다 보려 하지 마라
다 보려 애쓰지 마라

너른 세상, 외로워 슬픈 독백을 마시며
잊혀져갈 또 한 날을 찾으려
무리를 이탈한 발걸음
적막강산 향기에 흠뻑 취한 채
꿈으로 살아 숨쉬기로

흔적도, 기억도 없는 날
너른 세상, 전설 속으로 간다.

무한의 울타리

산으로 간다.
하늘 닿으려는 손길로
안개 내린 대지의 꿈을 지우듯

대립의 노래로도 버릴 수 없는 욕망들
대립의 노래로도 지울 수 없는 흔적들

유구한 역사의 숨결로
그림자 숨결 무한의 울타리
마음의 문을 닫으려 한다.

섬

섬에 산다.
귀貴한 몸으로
섬에 살면서도
천賤한 몸으로 사느라
더 외로운 섬에 살려 한다.

멀게 산다.
갇힌 몸으로
멀게 살면서도
잊혀지며 사느라
섬과 섬, 멀게 살려 한다.

이중성

다들 성공한 삶을 사느라
웃음 뒤에다
울음 뒤에다
입에 칼을 물고 산다.

남들 부러운 삶을 사느라
위를 보면 버겁고
내려 보면 무거워
입에 재갈을 물고 산다.

순간의 분위기로 삶을 사느라
웃음 뒤에도
울음 뒤에도
입에 욕을 달고 산다.

판도라 상자에 희망을 가둔 채
서운함을 나누려 강강수월래다.

경쟁

이슬 머금은 해를 살 듯
숨쉬기 불편한 세상을 사느라
찰나의 순간마저도
경쟁한 한평생
태양을 닮으려는 달이 몰락한다.

모진 세월

슬픈 눈물 떨어질 날
모질게 버려질 세월 속으로
따로따로 나아가려는데

한순간 버려진 아픔으로
한잎 두잎 꽃잎 지듯
너덜너덜 해진 몸
사는 내내 가슴은 뛰었고
심장은 죄로 붉게 물들었다.

모진 세월, 인류 대문명
해거름에 발목 바쁜 어머니
뒤볼 새 없어 또 다른 호흡을 한다.

술 나눔

너나없이
어제가 아닌
오늘을 산다지만
괴로운 맘으로 술 한잔 했소.

얼큰한 주정으로
몸이 상한들
내일도 모르는 오늘을 살 뿐임인데

고행의 수도승처럼
또는 산사의 고승처럼
차 한잔 나눈들
세상이 뭐라 하겠소.

농자 천하

조용하던 들판
논흙을 갈아엎으면
봄이, 바쁜 손발로
가득하겠죠?
햇살 가득한 날
잔주름 깊은
농부의 봄갈이
씨앗의 신비로
생명이 부활한다.

거지

거렁뱅이
얻어먹고 빌어먹느라
쉴 곳 없는 몸

그날이, 오늘은 쉬고
그 쉰 날로 다음인데

빌엉뱅이
거지의 눈초리 끝엔
올 곳도 갈 곳도
비바람도 눈보라도
해바라기다.

내가 태어나 살아왔는데
이렇게 죽어가는구나

살다 보면 짧고도 긴 인생

둥근 하루로

삶은, 그냥 살아야 한다.

어느 한 날

아픈 사랑 감싸 안고 가는 길
빈껍데기로 남아 눈물을 흘린다.

사랑으로도
미움으로도
눈물이 있는 사람은 따뜻한데

거칠게 말 달리던 시간
산자의 오늘을 간다.

길

길, 마냥 걸어도
무심코 걸어도
매일 같은 길을 걸어도
길엔 또 다른 길이 있었습니다.

보이는 것으로 다가 아닌
또 다른 길이
서로 다른 길이
늘, 함께 있었습니다.

새로운 듯
이 세상에 온 날
뿌리 깊이 숨 쉬던 그 생명의 소리로.

고지가 저긴데

태양의 바람으로
얄궂은 뽀오얀 흙먼지
온몸을 흐르는 땀 범벅 만드려는지
등 뒤로 펼쳐진 바다
욕심껏 발목을 잡는다.

고지가 저긴데 이르지 못하고
가난한 마음으로
끝없는 벌판을 떠도느라
등골엔, 문신처럼 새겨진
하이얀 소금꽃 그림

오늘도 기우는 석양 빈향貧香인 듯
뜨거운 기름처럼
뼛속 깊이 사무치는데
눈물 한 솟끔
생명의 울음을 트려 숨을 쉰다.

1막 2장

1장.

어리석은 자들 생명수 고갈로

저승의 갈고랑에서

땅바닥에 거름이 되었으니

뜰에 뿌리를 내리는 잡초처럼 우거지고

꽃으로 피어나 열매 맺으며

들도 숲도 나무들도

물기 또한 마르지 말고 항상 푸르러라.

2장.

인생은 한바탕 꿈이다.

날을 더해도

해를 더해도

고난이 물결처럼 밀어닥치고

진노의 열기에 일생은 사그라지며

세월은 한숨처럼

덧없이 가고 마는 것.

사랑과 진실이 눈을 맞추고

정의와 평화가 입을 맞추면

날아갈 듯

1막 2장의 진실은

바람결 같겠지.

환상의 꿈

눈물이 가슴에 고인다.
바람에 밀리는 구름으로
한낱, 숨결에 지나지 않는 그림자.
그립던 날도
서럽던 날도
눈물로 울던 별들이 안타까운데.

눈으로 보고 귀로 들어도 낯설었다.
떠나갈 때도
돌아올 때도
잃어버린 날들 속에 묻힌 듯
노인의 세월
꿈 잘못 꾸었다.

흐린 하늘이 땅을 적신다.

백 년

가난한 세월이 숨을 쉰다.

세상 바람을 품고 사느라
가난에 찌든 웃음도 밝은데
노인네 나이로 골 깊은 주름
얼마나 많은 땀과 눈물이 말랐을까
정작 백 년이 먼 듯
마음을 쓰며 걱정하지만
불편하다고 투정은 마라.

씁쓸한 미소

당장은 부족하지도 않은데
부족한 듯 한목숨 살리려는 몸짓으로
죽음도 모르고 간다.

모두 다 그럴지도 모르지만
다 그런 것은 아닐 텐데
작음을 큰 것으로 생각한 탓이다.

들녘 넓은 벌판을
생명 가득한 사랑의 열매로
가득 채우려는 욕망이다.

다 버리고 갈 사람들
오늘도 웃는 게 웃는 게 아니다.

동녘 하늘

보라. 동녘 해가 바다를 탈출한다.
숨죽여 몰래 하는 것이 아닌
고립된 문을 열어젖히고
당당하게 두 손 펼쳐 휘저으며
마음껏 웅비의 나래를 펼친다.

바람 찬 구름들
심술을 부려보지만
하늘에 갇혀 혼령처럼 숨 쉬는 달아
이제 너로도
해를 가두려 하지 마라.

면죄부

눈을 감는다.
잠깐 미운 마음으로도
눈을 감으려 한다.

침묵의 상념

눈을 뜨면 보인다.
눈을 감으려 하지 마라.

함부로.

단하 短夏

태양이 그리웠던 애벌레
어둡게 꿈틀거리던 흔적으로
깊은 숨 쉬던 침묵을 벗어 버린다.

황금기, 자랑스럽던 갑옷인 양
허물 벗은 껍데기 걸어두고
나무에 붙어 쉬려는데
어둠이 밝으려는지
날갯짓 가벼운 하얀 속살로
굶주린 긴 시간을 울음 운다.

여름, 짧기만 한데
뜨거운 정염의 노래
바람결에 쉬어가려는데
매미 울음이 마른다.

그날처럼

그 세월의 그날
달빛 젖은 대지의 침묵으로
먼바다, 신화처럼 숨을 쉬는
고래를 잡으려 한다.

멀어도 멀지 않던 시절
옥죄인 가슴의 공포로
그 모진 세월로
이제 버리고 갈 것만 남기려 한다.

무심함

외로워서

홀로 외로워서

긴긴날 뼈에 사무칩니다.

옛날 일들 기억하지 않듯

그리워서

홀로 그리워서

긴긴날 하늘 우러릅니다.

멈추는 날

바람이 그림자 속에 머문다.

남겨질 꽃들이 아름다워도

소홀히 보낸 시간들

보복이 두려워서 가야 하는데

하루를 살던

백 년을 살던

천 년을 살던

마지막 순간까지도

버리지 못하는 욕망

미련이 아쉬워서 가야 한다.

우물 안 개구리

하나는 다른 하나를 돋보이게 한다.

우물 안 개구리 하루를 살려는데
해가 지고
달이 지는 세상이
우물 안으로 들어온다.

님 그리운 날
하늘을 보며
하늘을 그리며
우물 안 개구리 하루를 산다.

화석

짝 잃은 조개껍데기
빙하기 건너온
긴긴날이 오늘도 외로운데

연륜처럼 고고학적 지표地表에
흙먼지로 켜켜이 누워 자는 듯
울엄니 바닷가에서
무덤을 깨운다.

흔적으로
바다를 건너는 서쪽 바람
그림자를 남긴다.

백로白露

떠나기도 전에
어느 거리를 잃어버린 역사처럼
속살거림 머무를 곳 따라가려
친구들 전부 잃어버리고
새벽 잠자리에 비가 내린다.

白露
슬픈 天命인 듯
하늘의 눈물로
밤을 지새운 거인처럼
길을 나선다.

침묵의 길

흐름처럼 가야만 한다.

하루를 다산 시간의 아쉬움
되돌릴 수 없어 가야 하는데
멈춤으로 움직이느라
머무름으로 애가 타는데
사무친 설움 눈물 떨군다.

마음으로부터 방황하느라
기로에선 흔들림
착잡한 심경 홀로 들여다보니
방황은 일시적일 뿐인데
굶주림, 왜 배는 고픈지~

보여지는 세상 속에서
빈 그릇으로 사느라
들려오는 세상 속에서
제 그릇으로 사느라
하루해 길이 너무 짧다.

독도 獨島

하늘을 우러르느라
침묵으로 사는 독도
천지가 공간으로 압박하듯
바다에 갇혀 파도를 느끼지 못하는데

무기력한 밤을 웅크려 잔 듯
침묵으로 사는 독도
눈으로 보고 귀로 들으며
향기 어린 조국의 숨결을 느끼느라

동해, 그 푸른 물결 하나하나에
대한국인의 이름을 아로새긴다.

나그네

생명의 구름으로
어두운 바다
더 슬프게 살아야 한다.

햇빛으로
길만 따라가도 끝없는 시간
달빛으로
별의 잠을 자려는 고즈넉한 시간

인생의 짧음으로
인생의 덧없음으로
먼저 늙기도 전에
주저앉을 수도 없는 삶인데

하늘을 모으는 섬처럼
바람을 모으는 산처럼
더 외롭게 살아야 한다.

불원천리길

하늘을 가리려 한다.
삶 하나로
차이를 두고 사느라
가는 곳, 불원천리길 하늘인데

하늘 아래 사느라
최소국 이루는 가정들
하나로 살아야 하는데

하늘을 보려는 듯
빈부귀천의 신분으로
이 땅을 누더기로 만들어 놓은 채
실바람 소리로 바다를 깨우려 한다.

채약採藥으로 하루를 사는 노인老人
석양 노을 바라보듯
허무화虛無花를 바라본다.

민족혼

찾으려 한다.
기억 저편에서 잊혀져 가느라
잠 아닌 잠을 자는듯한
민족의 유산을 찾으려 한다.

오늘이 어제를 만나려
어제를 살던 오늘을 사느라
느낌의 다름으로
지난날, 민초들 울부짖던
그 아우성으로
봄날, 아지랑이 피어나듯
남겨져도 변함없는 시간들
잃은 건 잃은 대로
잊은 건 잊은 대로
묻힌 건 묻힌 대로
찾으려 한다.

찾으려 한다.

백두대간 단군의 숨결로

항상 그날을 사느라

오늘도 그곳의 주인으로 찾으려 한다.

둥근 세상

하늘의 숨결로는 참 괜찮은 당신인데
세월의 무게로는 죄인 아닌 이 누구인가.

욕정의 세월
욕망으로
욕심껏 사느라
하늘을 바라보는 눈길
흔들리지 않으려는 듯
둥근 세상
우리 모두의 사랑으로
뜨거운 감성을 나누느라
미래의 시선으로 감싸는데

천날보다 더 나은 하루
꿈이던가
생시던가
무슨 뜻인지 깨닫지 못한다.

귀거래사

바닷가의 기운으로
해를 볼까
달을 볼까

추억이 숨 쉬는 백사장
별들의 발자국 위로
유년이 그리운 추억
세월의 무게에 눌린
시간의 유영으로 멀어지는데

젊은 날의 초상으로 빛바랜 세월
천지의 움직임으로 시간이 아픈 만큼
물결 속으로 사라져 간다.

보는 것도
듣는 것도
안다는 것도

세상 그 무엇도 허무일 뿐
하나로 전부일 수는 없는데

남겨져야 하는 어제로도
여행이 그리운 열두 지신들
서둘지 말고 천천히 가라 한다.

산수유

겨울이 무거운 햇살
차운 봄바람 이기느라
밤새 신열에 들뜨느라
향기도 없이 토해낸 전설
산수유 노란 꽃을 피운다.

붙잡을 길 없는 시간으로도
기억은 새겨지는 것이 아니지만
산수유나무
산동 처녀의 손길로
이젠, 천 년 고목의 전설을 산다.

산동 처녀의 붉은 볼처럼
늙은 어머니 젖꼭지처럼
수줍은 침묵으로 매달린 열매다.

하얀 가면

꿈은 하나로 머물지 않는다.
점으로 시작된 선처럼
선으로 시작된 원처럼
스치고 지나가는 인연들

햇빛으로
달빛으로
별빛으로
하얀 가면을 쓴다.

욕망의 손길로
사진이 찢겨져 나가듯
불편한 진실성
그 하나로는 살 수가 없는데

현실의 민망한 행위로
상실한 도덕성
너럭바위에 누워 자느라
하얀 가면을 쓴다.

웃는 사람들

해처럼, 달빛에 울 일이다.
그 무엇도 전부가 아닌데

얽히고설킨 희로애락들
바람처럼 먼 길을 가도
해와 달이 지나기까지인데
달처럼, 햇빛에 울 일이다.

무서운 꿈길을 가느라
독살스런 혀끝에 말려 심장이 멎을 듯
온몸을 부들부들 떨지만
달처럼, 햇빛에 울 일이다.

환상

무지개처럼
색감으로 천지가 아름다운데
고난의 축복인가
정으로 죄지은 벌 호사를 누리며 산다.

생명, 그 삶이 신비한 존재들

종교의 힘으로
믿음, 소망, 사랑
그중에 제일은 사랑인데
동서양이 도덕과 윤리로
덕행, 그 자비함으로 욕심껏 산다.

인연의 고리로 시작일 뿐
아니면 마지막일 뿐이다.

삶은 자신이 자신에게
자신을 만들어 주는 것이다.

하늘도 바다도 먼데
태양의 뜨거운 함성
자연과의 대립으로
생명의 숨을 나누지만
하루 스물네 시간
또, 남겨지는 외로운 그림자
오늘도 혼자 살기를 한다.

자연이든
사람이든
세상이든
무능함으로 유능하게 사느라
유능함으로 무능하게 사느라
역사의 신비한 침묵
오랜 세월을 길게도 산다.

삶은 자신이 자신에게 자신을 만들어 주는 것이다.

자연생활自然生活

안개가 숲을 다스리는 날
땅의 은밀한 언어
어두운 잠에서 깨어 일어난다.

하늘 내린 빗줄기로
여름이 지나간 가을산
나그네를 설레게 하는데

하늘이 무거운 겨울산
새로운 봄의 싹을 마련하느라
강산을 울타리로 두르고
조석으로 해와 달을 들인다.

숲에서 움튼 아름드리 나무들
갈증으로 홀로 있는 시간
무더운 여름을 목말라 한다.

정리

남기지 말자
남겨질 것은 남겨지겠지만
남기려 하지는 말자.

조금씩 조금씩 모여 사느라
세월 속 이야기들
하늘을 붉히면서 전설처럼 흐르지만
한 생명이 사그라진다 해도
해와 달은 계속 떠오르듯

세상은 나 혼자 태어나는 것이 아니다.
세상은 나 혼자 죽어가는 것이 아니다.

작은 만족

늘, 나를 감싸는 공간으로
자신을 만나러 간다.

있고 없음으로 메마르게 살지만
길고 짧음으로 공허하게 살지만
높고 낮음으로 옹색하게 살지만

억눌린 가슴으로도
한결같은 소나무의 기상으로
천 년이 두려운 학을 들인다.

바람을 모으는 처마 끝에
풍경을 달아야겠다.

거룩한 가난

침묵의 고통으로
해 뜨고 지는데
순간의 아름다움에 반한다.

색깔의 차이로
색깔을 나누며
색만의 색을 보려 하지만
돌아오지 않는 바람들
어느 세상에서
꽃으로 피어나게 하려는 걸까.

밤새도록 한숨짓느라
아무도 그 마음을 몰랐지만
그래도 아내에겐 말을 못한다.

속물

눈물 모은 가슴으로
소리 질러 울 수도 없는데
터질 것 같은 가슴
너무 답답하다.

죽고 싶어도 살아야 하니 오죽할까

고통의 세월이라 해도
기쁘면 웃을 줄도 알고
슬프면 울 줄도 아는 건데
척박한 침묵이 아픈 노래를 한다.

세월은 두고 가자

어느 날의 그날처럼
천둥이 울리고
번개가 친다고 다가 아니다.
비바람 불고
눈보라 친다고 다가 아니다.

햇볕에 익은 땀방울들
세파에 쫓기지만
미래를 위해 얽크러진 시간들로도
고통은 견뎌내는 것
주어진 일상 해와 달의 시간들로도
슬픔은 이겨내는 것

어느 날의 그날처럼
들길을 가듯
산길을 가듯
꽃길을 가듯
세상은 남겨두고 세월은 두고 가자.

가자

도시의 어둠 속에 섬이 산다.
술이나 수면제 없이는 잠 못 이루는 밤

오늘도
이 시간도
스스로의 죄책감으로
고민을 하지만
오늘을 사느라
이 시간을 사느라
고단한 삶의 미학으로
궁리를 하지만
가자.
갈 데까지 가자.

도시의 복잡한 구렁 속으로도 가자.
도시의 번잡한 어둠 속으로도 가자.
석양이 무서운 가로등불들

잠들어 있는 상여막 허방을 살다

꽃상여 타고 지옥까지 가자.

손바닥으로 가려지는 하늘

회색빛 여명으로

도시의 눈물 모아 하늘로 가자.

뭉개지기

가야 한다. 여기서 떠나가야 한다.
대지만큼 사느라
바다만큼 사느라
자존의 치장을 하고
뭉그적뭉그적 뭉개고 가야 한다.

초라한 모습 감추려도
화려한 모습 남기려도
과거는 벗어버릴 수 없는 오늘

남겨지는 곳곳의 욕심들
인생의 하루를 사느라
하루의 인생을 산다.

바락바락 악을 쓰던 독기로
어영부영 산 세월의 취미로
백날 천날 술타령할라치면
치사하고 더러운 배설물들
궁궐로 왕들을 만나러 가야 한다.

시류時流 Ⅰ

황홀하게 몸을 울던 새벽녘
깨어난 의식으로
악몽에 시달리고 있었다.

공존의 시간으로
어제와 오늘을 사느라
오늘의 내일을 사느라
줄줄이 날카로운 시선들
허공을 날아오르지만
숨겨진 긴장으로
여운이 사라진 몸서리 치느라
육체적 죽음을 담보로
죽이지는 말자.
죽게 하지도 말자.

솔 향기에 젖어 사는 백로의 눈으로
산하대지山河大地
천 년의 숨을 쉰다.

세상 만물들 내 뜻대로 되기를
바라는 것은 어처구니없는 일이다

세상 만물들

모습을 드러내기 전에는

안 보이는 상태로 존재하는데

자연의 신비로

침묵의 무소유로

해의 길을 걸어가느라

달의 길을 걸어가느라

세상의 숨을 쉬고 있다.

하루를 쉰 발걸음

새벽 짧은 시간

산길 오르려는 모성의 숨결이 하루를 산다.

무덤 앞에서

변방을 부는 굶주린 바람으로
첩첩산중이 무덤인데
감정을 숨기고 누워 말이 없다.

한겨울 매운바람 숨을 죽이니
수만 가지 사람들
영혼의 숨결로
우주의 리듬을 사느라
가도 가도 내리막 없는 오르막인 길
가로질러 곧장 그리로 간다.

가물가물한 시선으로
되돌아오는 사람의 그림자
흔적없는 벽 앞으로 다가간다.

시류時流 Ⅱ

하늘 닮은 바다
세월이 흘러 갈수록
험한 물살도
거센 파도도
부서지기 쉬운데

맑은 영혼들
시간이 지나갈수록
보이는 대로
느끼는 대로
마음 주기 쉬운데

죽어야 할 자가 사느라
영혼에 버려진 육신
살아야 할 자가 죽느라
육신에 버려진 영혼
이 세상 끝나는 곳에서
하늘을 살아야 한다.

울림

보이지 않는 거리
생명의 숨결로 산이 된다.

강들의 바다로
길이를 알 수 없으니
이해를 하지 못하듯

나무들
숲을 이루려는데

칠 년을 홀로 산 울림으로
매미의 일생
달반의 사랑으로 이어간다.

올해도 비개인 하늘이
눈 내린 어둠이 밝다.

애국화哀國花

하늘이 내리는 비로
천둥과 번개
죄진 눈물모아 꽃을 적신다.

가녀린 숨결모아
아이의 숨을 쉬는 생명의 땅
숨 돌린 바람도 비에 젖는데

여름 풍경 속으로
무궁화
피눈물 쏟듯 뚝뚝 떨어진다.

분노

가슴속에 해와 달을 두고
발아래 별들을 밟고
산해 만 리길
해 살던 바다 달빛에 조느라
태산을 지키는 바람
바다를 내달려 파도를 휘감는데

지상 터널을 지나는 기차
하늘과 땅의 종착역을 향한다.

지금도 겨울날
무작정 외로워진 짧은 해
늙을 줄 모르는 웃음으로
문을 닫는다.

본능

생의 전환으로
내적 충동으로
모태의 백 년 숨결
생명의 땅을 살아야 하는데
존재만의 끌림으로 고초를 겪느라
붉은 해 숨결로 머무느라
기억이 슬픈 아내의 얼굴
고달프게 늙어간다.

생, 공존의 그 이름으로
별똥별 꼬리처럼 길어진 한숨
움츠르드는 본능의 중력에 묶여
계절의 옷을 갈아입지만
빠르지도 않게
느리지도 않게
일 년 삼백 예순 날들
스물네 시간의 속도로 달려간다.

세상을 속여라

돈키호테, 아가씨처럼 천진난만하다.
떠돌 수밖에 없는 세상을 멈추려
울음이 고인 한으로 웃느라
메아리 같은 춤사위 나풀거리지만
주인으로서 도리를 다했을 뿐인데

스산한 그림자 드리운 마음 가득
말 못하고 울고 있는 타인들
세상을 속여라
님은 잠을 자도 깨울 수 없는 밤
망부석은 투쟁하는 풍차다.

돈키호테, 굶주린 말과 잠을 자느라
모습은 맑은 청동상
숨을 쉬어도 쉬는 것 같지가 않다.

잔힘

위대한 힘으로
마음속 지진계의 격동을 기록하느라
고갯길을 넘어가는 태양

죽어야 사는 씨앗의 슬픔으로
달이 흘린 눈물
무엇으로 달랠 수 있을까

우주의 발길로
떠나가는 벗을 그리워하느라
떠도는 성체星體들.
섬이 된다.

시대時代의 야성적인 욕망으로
그 입술에 자리를 잡았다

심장의 고동이 뛰기 시작한 날

씨줄과 날줄의 숨결로

미래를 향해 몸을 던지며 살고 있다.

하루는 낮게 밤으로 나누던 무소유

인생의 숨결을 나누며

시대의 야성적인 욕망으로

그 입술에 자리를 잡는다.

별처럼 가난한 수도승

움직일 수 있는 길이 먼데

흐름의 시간을 눈으로 말한다.

침묵의 나라

해돋이, 해넘이로
태산이 무거운데 바다는 말이 없다.

생명의 땅에서
새벽보다 먼저 일어나
한 알 한 알 해익은 알갱이
하나는 너로
하나는 나로
아픔이 큰데
온몸의 피돌기로
높은 사람들도
낮은 사람들도
할 말, 못할 말 다하는 세상

사방에 버려진 작은 돌들로
한 손 한 손 자존의 탑을 쌓는다.

사람 사는 세상

깊은 인연이다.
비바람의 세월로
메마른 대지를 적시느라
꽃, 지구의 넓이로 피어나듯

해 바람으로
달 바람으로
대지의 낱알들
고개를 숙이는 시간

세상의 시선으로
대륙 깊은 에베레스트에도
아프리카 초원의 해익은 세월들
농부의 시선으로
목마른 바다를 키우느라
바람이 아픈 꽃을 피운다.

사람 사는 세상

한 손길 한 손길

한 걸음 한 걸음

깊은 인연이다.

신비로운 세상

어그러짐 없는 하늘을 우러르느라
멀고도 아름다운 여정이다.

젖과 꿀이 흐르는 가나안 땅에서
시간의 벽을 넘는 무릉도원까지
구차함을 외면하려는 신비로
조화로움을 이루려는 동, 서양

자비함과 잔인함이 공존하는 곳
작고도 큰 세계로 걸어가야 하는데
일상이 신비한 서로 다른 소음으로
세상을 세우려는 마천루들

태초의 모습을 잃고 헤매느라
낯설은 세월 속에서도
햇살이 부끄러운 바람처럼
멈추어서 쉬어가야 한다.

낙타들, 목마른 사막을 건너느라
바벨탑이 무너졌다.
비에 씻어야 하는 사막에 바람이 분다.

한숨 진 눈물

주워져도 잃어버려야 하는 날들
세월 속에 산화한 흔적으로
퇴적층에 잠들어 숨을 쉰다.

메마른 바람들
어쩌지도 못하는데
뒤늦게 파고드는 몸짓으로
온기를 나누는 따스함
부뚜막 위에 철부지 세월로
미래의 아궁이에 또 불을 지핀다.

달빛의 나들이로
다가갈 수도 없는데
살아생전의 모습으로
머무르지도 않는데
항상 뒤따르는 후회들
진토의 객이 된다.

해로

달로

한숨 진 눈물들

영혼에 뿌려지는 술이 된다.

마음을 여는 날

하늘이 열려 있는데
무심한 듯
세월이 비껴간 자리

해와 달이 온몸으로
너를 살리려는데
희로애락의 어울림으로
복잡하게도
단순하게도
욕심을 부리고 산 날들

멈추려는 갈망으로
이제, 건널 수 없는 강 저편에 있는데
흙의 생명으로
길고 길었던 회한들
가늘 수 없던 마음들
하나 되어 하늘을 바라본다.

바람도 모르는 숨을 쉬느라

욕심을 버리고 산 날들

죽음이 시간을 나눈다.

일회용기

역사를 다 살아도
계절의 변화로
자연은 항상 새로운데

철없이 세월을 사느라
하루를 다 산 석양처럼
일회용일 수밖에 없는 하루
숨결 속 정령들의 분주함으로
변화 없이 흐르는 모습으로
하루의 잠을 자야 한다.
죽음이 내 눈 밖에 사느라
버려짐이 무언지도 모른 채
사라짐이 무언지도 모른 채

죽음이 내 눈 안으로 들어올 텐데
늘 부활하는 아침으로
인생길을 단장하게 한다.

술의 침묵

시선詩仙의 월하독작月下獨酌으로
나도 술을 마시니
술이 술술 마시고
술이 나를 마신다.

인간만사는 인간만사다.

종교 따로
도덕 따로
율법 따로
민주 따로
공산 따로가 아니다.

그 사람의 경우에 따라서
제 때에 따라
제 할 일을 할 일이다.

꽃은 활짝 피기 전이 보기 좋고

술은 작게 취한 것이 보기 좋더라.

아느냐

천지 생기기 전의 혼돈을…

술 속엔 혼돈보다 더한 세계가 산다.

CHINA

중국이 눈을 떴다
중국이 걷고 있다
중국이 뛰고 있다
중국이 날고 있다
세상을 상대로 경쟁을 하려나 보다.

하늘이 보우하는데
너를 버리지 마라
남아있는 시간으로
아무도 나를 버릴 수 없다.
다사다난한 땅, 길을 가야 한다.

노천

흘러가는 시간들
세월이 가져갈세라
보느라, 눈으로 보니 다 그림이다.
듣느라, 귀로 들으니 다 음악이다.

오늘도 고귀함으로 만나는 세상
백 년을 더 살까
천 년을 더 살까
천혜의 소리로 우주의 정령들

비처럼
눈처럼
안개처럼
영혼의 춤을 춘다.

하나로 열을 알까 열을 하나로 알까

그래야 한다.
자연의 숨결이 위대함으로
늘 하늘이 허락한
그 숨결을 나누어야 한다.

나를 돌아보는 세월
평생의 업적으로도
시간은 빨리 가지 않는데
생각은 나를 질러 가느라
눈가에 멈춘 하늘을 보지만

선열들의 넋으로
저무는 석양을 홀로 우느라
백발이 성성한 여인
대지에 놓인 저 산을 넘고 바다를 건너
메이지 않는 하늘로 가는구나.

하나로 열을 알까 열로 하나를 알까
오만가지 재주로도
신들 앞에선 어쩌지 못하는 무력함
세상은 이미 천국인데
천국은 세상 밖에 있었구나.

에덴동산

한 처음, 하늘이 열린 날
태초의 에덴동산
그 맑은 향기
자연의 순리로 흐르는데

정령의 숨결로
선악과 무르익은 시간
빛과 어둠이 하나로
세상의 시간을 흐른다.

아담의 귀양살이로도
하루를 지킴에 부족함이 없는데….

황무지에 꽃을

오늘을 초석으로 님이라 부를까
음양으로 어지러운 세상
대지에 누운 여자의 알몸으로도
더 깊은 곳에 생명이 사는데
지옥이 편안한 생명의 탄생으로
끝내, 버리지 못하는 어리석음

무심코 잃어버린 시간들
한 맺힌 세월의 강으로
부분 부분 이어 흐르는데
母子의 운명은 하늘의 선물
반백의 숨결이 거칠어도
오늘을 사는 힘으로 서있을 뿐이다.

내일은 황무지에 꽃을 피워야 한다.

아버지의 강

반백의 나이로도
내일을 모르고 사느라
아버지의 하늘은 편안한데
반백의 세월 뒤로
나를 감싸는 삼라만상들
잠시도 조용할 날이 없구나.

갈등의 시간으로
음양이 바뀌어지는 미묘함
늘그막에 이르러서
죽음마저 버린 시간
불언불소不言不笑라.
눈물이 피를 말리는데
세월 깊은 주름 사이로
변화 깊은 역사를 사느라
눈을 감고 귀를 닫는다.

한 떼기 땅이면 이 몸 두는데

日月의 수고로 별들의 노래

넋으로

혼으로

바람의 시를 읊느라

아버지의 강이 되어 흐른다.

희망의 날

보이지 않는 희망으로도
머나먼 길을 가야하는데
하루해 저물어 문을 닫는다.

우주가 제 아무리 넓다 해도
인간의 생각만큼
무변광대하지는 못한데

하늘아래 세상
너와 나의 세상
우리들의 세상
사랑이 없으면 지옥인데
사랑이 있으면 천국인데
이제라도 눈을 떠야 한다.

사막을 달리는 낙타의 눈으로도
목마른 갈증들

죽음이 보이는 삶으로도
목마른 세월들
술에 취한 기억만큼
시간에 취해 살아도

인간이 할 일로
자연이 할 일로
하늘이 할 일로
어제의 진실은
오늘의 진실이요
내일의 진심인데

그 날의 어리석은 삶으로
하루가 부족한 삶
세월 저편의 기억들 찾으려 하는데

소년이 그랬다.
새벽보다 더 위대한 힘으로
뛰고 또 뛰었다.

그리움은 느지막이 온다

하얀 기쁨이 내리는 날
자기만의 공간에서
저물지 않는 해로
저물지 않는 달로
저물지 않는 별들로
힘겨워 검은 옷을 입는다.

고통스런 시간앓이로
잃어버린 것을 찾으려는데
그날, 그 시간일 뿐
침묵의 기운으로
천 년이 회상의 잠을 자지만
시대를 아울러 삭히는 바람

영웅호걸도
절세가인도

저 혼자 가는 길이듯
나를 잃어버리려 한다.

아픔에 베인 노래로
가슴이 흘리는 눈물들
별 하나도 만만치 않다.

미래

반백 년 넘게 살아온 세상
아직도 조심스러운데
운명의 장난처럼
갈 수도 없는 날들이 온다.
볼 수도 없는 날들이 온다.
알 수도 없는 날들이 온다.

잠시 잠깐 머무르다
떠밀려 사라져 갈 주름진 세상
숨겨진 희망으로
뜬구름 잡으려는 바람처럼
요사스런 세상

역사의 기억조차도
추억은 생각 속의 주마등인데
힘든 나날들로

추억이 길어지더라도
눈물을 보이지는 말자.

해와 달처럼
하늘의 어우름으로 사느라
마음 깊은 곳에 자리한 진실
해 받는 아침의 찬란한 기운으로
백 년의 날이 가고
천 년의 날이 온다.

욕심辱心

남보다 먼저 나으려 한다.
남보다 우월하려 한다.
남보다 먼저 가지려 한다.

서화가무書畵歌舞

나타내는 서화書畵에는 역사가 있어야 한다.

표현하는 가무歌舞에는 한이 있어야 한다.

비, 눈, 바람 雨雪風

비 오는 날
사람이 하늘처럼
맑아 보일 때가 있다

눈 오는 날
사람이 하늘처럼
밝게 보일 때가 있다.

바람 부는 날
나는, 세상처럼
맑고 밝은 하늘 냄새를 나누리라.

악어

고요함으로

굶주린 악어의 몸부림

헛배 부른 만큼

고래를 키우느라

푸른 시간을 한숨에 삼킨다.

삼백 예순 날

동지섣달로
정월이 깊은 밤
달의 거리만큼 어둠이 밝다.

오늘도 긴 밤으로
아침이 일어나는데
시원始原으로
이별을 준비한 에덴동산
허영의 옷을 벗는다.

산 어두운 밤

길이 아픈 걸음으로
연못은 평온하다.

별별別別의 모습으로
한 서린 시간을 모으느라
제 몸 뒤틀어 휘감는 정적

공간을 살아 흐르는 침묵들
씨줄과 날줄의 피조물 같이
우주 속에 던져버린다.

동심처럼
별똥별 떨어지는 하늘이 멀다.

시류時流 Ⅲ

안개 자욱한 아침
어제를 아파한 가슴으로
해 저문 시간을 찾으려 한다.

한줄기 섬광처럼
무게를 잃은 중력으로
선조先祖의 밤은 지나가고
현세現世의 낮은 지나느라
바람이 아픈 만큼
하늘이 자유로운데

만리장성을 쌓던 정으로
해와 달의 시간을 꿈꾸느라
시간을 길이만큼 나누느라
피가 통하지 않는 생명으로
깜빡이는 밤하늘의 저 별들
누구의 넋으로 사는 것일까.

해 저무는 바다에 가득한 바람

시간이 아픈 꿈 찾아

부픈 가슴으로 달을 걸어간다.

강물도 목이 마르다

우주의 시간으로
하루뿐인 밤낮의 갈림

날개 잃고도
다리 잃고도
줄기 잃고도
함께 살아가는 숨을 쉬는데

새도
나도
꽃도
울림이 얼마나 황홀한지 모른다.

조각달, 피 흘린 강물로
목이 마르다.

항아 姮娥

우주를 잉태한 석 달 열흘의 꿈으로
달에서 아이를 낳고 싶었다.

달빛에 솟아나는 월궁月宮
홀로 빈 방에 누운
달 고운 천상의 여인
은은함 품고
온갖 번뇌로도
달빛을 품어내는 여인
⋯⋯
해와 달을 스치는 바람으로
강물이 바다에 이르기도 전에
아이는 어른이 되었다.
속절없는 세월의 흐름으로
가슴 깊이도 잠을 자는 꿈.

군무 群舞

소리 없는 아우성은
소리 없는 몸부림은
비온 뒤
땅속에 고인 물로
지상에 올라온 지렁이다.

심기 心器

다정한 손길로 어루만져도
차가운 입술이었다.
차가운 가슴이었다.
차가운 마음이었다.

차가운 손길로 어루만져도
다정한 입술이었다.
다정한 가슴이었다.
다정한 마음이었다.

心器
마음엔 이슬을 모으는 바다가 산다.
마음엔 들꽃을 피우는 세상이 산다.
마음엔 하루를 살피는 하늘이 산다.

동상銅像이 된 위안부慰安婦

처음이었다.
낯 설은 시간 어색한 대면으로
눈을 뜨느라
처음이었다.

오지도 않은 내일을 사느라
어제를 동여맨 시간을 사느라
시작의 끝으로 초라한 진혼의 넋
동상 앞에 무릎 꿇는다.

위안부 할머니 기념 동상은
위안부 할머니들의 생무덤
길어진 한숨만큼 향불의 간절함으로
촛불의 눈물 모은다.

살아 숨 쉬는 역사의 시간으로
하루의 역사를 길게 산다.

금강송松

조선의 소나무들
눈 맞고
비 맞고
바람을 견디느라
학을 키운다.

역사

침묵은 죽음이 아닌데
선택된 죽음만큼 침묵한다.

그날을 기다리는 계절들
계절을 이기느라
슬픈 사랑으로 눈 감고 귀 막고
빛의 어둠을 사느라
어둠의 빛을 사느라
내가 이렇게 부족한데

빛과 어둠이 하루로 사느라
하늘은 어제처럼 지나간다.

종말의 시간

마음의 자리 아무도 모른다.
세상을 피고 지느라
세상을 나고 가느라
경쟁의 삶일 뿐
배움의 자리 아무도 모른다.

해와 달의 힘으로
오늘을 보려고 하지마라.
걸어야 하는 힘으로
달려야 하는 힘으로
날아야 하는 힘으로
종말의 시간을 두려워 하지만
정작, 종말의 시간은
스스로 만들고들 있을 뿐이다.

시간은 되돌릴 수 없는 진실
고뇌하는 침묵으로

번뇌하는 침묵으로

시간을 되돌리려 해보지만

밤하늘의 별은 눈물만큼 고운 빛이어야 하는데

해와 달을 희롱하는 어리석음이다.

시詩

시인詩人의 시간이 짧다.

탄생이 짧은데
그, 짧음으로
길게 살려하는 어리석은 생명들

해 뜨는 열두 시간을 살까
달 뜨는 열두 시간을 살까

꽃이 되느라
새가 우느라
그, 소리를 살려는 계절들

눈물이 흐르는 노래를 한다.

바람을 따르는 구름들

해오름 멈춘 언덕에
하얀 낮달이 졸고 있다.

키 큰 바람들
바다를 건너느라
광야를 지나느라
하늘로 돌아가야 하는데

한나절 소풍으로
초목草木들 키우느라
시간을 기다리는 슬픔
크고 작은 사랑을 주고받는다.

천지의 시간으로
바람의 시간으로
나무들 옷 벗는 날

바람의 흔적으로

세상에 남겨지는 천상의 웃음들

바람을 따르는 구름들

구만리 끝에서 눈을 감고 귀를 막는다.

나를 버리지 마라

우주를 적응한 세월들
무거운 하늘을 사느라
해도
달도
바람도
계절이 슬픈 날엔 꽃이 된다.

세상은 항상 그대로인데
세상은 항상 거기 있는데
세월은 가도 추억어린 시간으로
세월이 흐르느라
남겨짐 없는 세월들

욕심의 음모로 웃느라
욕망의 술수로 우느라
바람에 흔들리고

햇살에 멍이 든 꽃잎처럼
헛 껍질인 나이만 남는다.

아이야 나를 버리지 마라
사연 아닌 사연으로
이별 아닌 시간으로
세상을 계절만큼 살지만
일생의 날로도
태양을 덮어야 어두운 잠을 잔다.

천지天地의 노래

하늘은 하늘을 살아야 한다.
땅은 땅을 살아야 한다.
강물이 씨앗인 여울물 모아 살아가듯
바다가 씨앗인 강물을 모아 살아가듯

하나의 힘 앞에
하나의 조직으로
하나의 권력으로
우리의 어제는 오늘이 아니다.

새들의 눈물 없는 울음으로
꽃들의 미소 없는 웃음으로
서쪽하늘, 낭자한 출혈 끝에
어두운 포만감으로
생명을 나누어야 하는 생사의 조화
비 뿌린 하늘이
젖어버린 땅을 말리려는 바람이다.

세월이 깊어 갈수록
모든 것들이 허상일 뿐인데
영정의 모습으로 제사를 잃은 밤
눈물은 무거운 산이 되는데
천지의 노래로는 좀처럼
슬픔이 만져지지 않는다.
조국이란, 부모형제의 피와 땀인데

그, 일상의 행위들로
어제는 아내를 위한 날이여
오늘은 우리를 위한 날이여
내일은 자식을 위한 날이다.

향向하여

달렸다.
세상을 향하여 달렸다.

해를 달리고
달을 달리고
바람을 달리고
비를 달리고
눈을 달리고
별을 달렸다.

向하여 달려가는 날
내 무덤의 숨소리로
산을 달리고
강을 달리고
바다를 달리느라
남겨진 발자국만큼
시간의 뒤뜰엔 추억이 쌓여있다.

생명의 맥, 아홉 구멍을 막고
이제, 죽음의 잠을 자야 한다.

나들이

마음 속엔 허물어버려야 할 성이 있다.

인생의 등짐이 무거워지는 날
살아있는 것은 지금
살아있다는 것은 오늘이다.

희로애락들, 사랑하기로
신들, 꽃씨들 심는데

우주의 질서로
꽃들 지기 전에 보러가야 한다.

버릴 수 없는 것들

하늘이 먼 구만리 길

아침 해 떠오르는 장엄함으로

겸허한 산 그림자

해진 어둠으로 은하수를 건너가야 하는데

계절이 세월을 돌고 도느라

대지에 묻히는 시간

살아있는 숨결들로

하늘의 소리는 침묵을 잃는다.

그 무엇으로도 채워지지 않는 세상

그 무엇으로도 비워지지 않는 세상

눈을 감고 귀 막으면 들리는 소리로

사실 나 말고는 아무도 내 언행에

책임지는 사람이 없는데

생명을 유지하는 다양성으로

만물의 소리들

기기묘묘한 생명 나눔을 욕심껏 산다.

산에 오르자

높이 솟은 산들

귀 기울인다.

묵연默然

하느님 앞에 나의 마리아는
무명옷을 걸치고 있어도 좋았다

모두들, 두 손 모아 기도를 하지만
세상에 남겨지려는 몸부림

에베레스트에서
남, 북극 꼭지 점까지
님들의 발자국으로
문명의 소음은 소리 없는 전쟁인데

사랑과 평화의 사상까지
시간의 벽에 부딪혀 사느라
고즈넉한 외침으로
산 넘고 바다를 건너가지만
여시이 킨무으 수께 없느 끈생

오늘, 하룻밤만의 감상을 위해서라도

저무는 거리에서

베들레헴에 빛나던 그 별을 찾아본다.

정서진 正西津

해와 달의 변화로
살아온 날들
뒤돌아보는 삶은 덤이다.

하루가 저물어 안타까운데
한 해가 저묾이 안타까운데
정서진, 저 수평선의 붉은 오메가
영원한 빛으로
어둠을 잉태하려는 시간
신혼의 황혼으로 천지를 수놓느라
노을, 꽃으로 피고 진다.

그대 앞에 더 없이 행복한 일몰日沒
정서진
해넘이 광장에서 버려지는 낙조落照를 줍는다.

사유思流

겨울잠에서 깬 봄이 새악시 볼처럼 붉다.
자연의 사랑으로
만물의 축복으로
계절을 이기려는 바람들
사방이 비좁은 듯
천지의 어둠속에서 하얀 숨을 쉬느라
평온함으로 내 안에 잠기는데

마음이 열리기 좋은 계절
마음을 나누기 좋은 시간
너의 해를 살까
너의 달을 살까
별을 노래하는 마음으로도
계절의 문을 열고 달리느라
봄은, 벌써 봄이 아니다.

팽이치기

삼원색도 좋다
오방색도 좋다
태중의 시간 나눔으로
색동옷을 입혔으니, 쳐라.

채찍이 아픈 소리로 울더라도
하늘로 올릴 무지개 필 때까지
매우 쳐라.

추운 계절 무수한 고통으로 돌고 도느라
부자의 땅을 도느니
빈자의 하늘을 돌자.

순례길 가듯
중심을 잃지 않고 서는 날
니글, 킹신아니니

씨앗의 주인은 자연이다

천 년을 살려는 여행으로 하루를 사는데
모태의 숨결로 열 달도
현세의 숨결로 백 년도
내세의 숨결로 천 년도
일상의 시간으로
세상은 존재의 숨결을 살지만
씨앗의 주인은 자연이다.

생명의 흐름으로
하늘이 먼 구만리 길을 가야 하는데
생명 나눔과 베풂을 사느라
하얗게 질려버린 낮달
공생공존하는 우주의 섭리로
자연이 하루 끝에서 사랑을 울먹이지만
결국, 나는 아무것도 아니다.

아! 시간의 진실들
바보처럼 길 잃은 하늘을 간다.

사각思覺

너무나 익숙한 시간을 살아 숨 쉬느라
살아있다는 것만으로도 위대한데
모태를 숨 쉬던 시간으로
노스트라다무스
종말의 예언도 잠들었다.

세상을 걸어온 발자국들
들숨과 날숨으로
죽음을 머리에 얹고 걸어가야 하는데
음양이 밀물과 썰물로 들고 나느라
대지의 여신도 알몸으로 누워 자궁을 지킨다.

오늘도 지나는 바람처럼
思覺 思覺하느라
십삼 월로 돌아가야 한다.

미래

기차가 달린다.
긴 세월, 반도를 달려 온 땅을 품느라
기차가 달린다.

미래를 향하여 가느라
오늘은 시간이 없다고
아침부터 한밤까지
뒤를 남기지 않지만
솔밭에 내리는 햇살 갈라지듯
솔밭에 지나는 바람 흩어지듯
계절을 잊지 않으려는 일월의 숙명으로
우리는 자주 바람의 이동을 본다.

이승을 살다
저승을 가기로
오늘이 행복한 꽃봉오리들
내일은 활짝 피워야 하는데

나의 길이 다를까

너의 길이 다를까

나이 먹은 삶이 그러하듯

항상, 계절이 나보다 앞서 길을 간다.

해 품은 달처럼

달 품은 해처럼

영원한 사랑을 남겨 놓으려 한다.

뒤안길

세상에 가난한 시름들
바람만큼 높낮은 산을 넘나드느라
파도만큼 거칠게 넘실대며 부서지느라
주름 깊은 세월로
노인의 얼굴에 산다.

별처럼 많고 많은 날들
별똥별처럼
하나둘 사라져 가지만

유년의 초상도
젊은 날의 초상도
마음가림으로 잃어버릴 수가 없는데

생의 뒤안길
둥둥 떠다니는 섬처럼
고래의 몸짓으로
어부의 그물에 걸린 숨을 쉰다.

당연지사 當然之事

꽃이 태어나는 날
해를 사는 바람도
달을 사는 바람도
붉은 피를 쏟는다.

장애 그 아픈 시간

이제 바람의 시간으로 살자
장애 그 아픈 시간
흔들리는 고통이 땀 흘리는 눈물이다.

세상의 시간으로
해와 달의 시간으로
마음이 뜨거울 땐 꽃이 피고
마음이 차가울 땐 꽃이 지듯

좋은 기억들
나쁜 기억들
훗날, 별을 지나온 바람에게 들어보자.

죄罪 살이

시간에게 죄를 묻는다.

나의 시간으로
너의 시간으로
우리들의 시간으로

애초부터 내것이 없는데
기나긴 세월 내것이 아닌데

공존하느라
공유하느라
끝없이 투쟁을 하는 전쟁.

그 잘잘못의 어리석음으로
시간에게 죄를 묻는다.

잘잘이 읽어신 일기서럼
기록의 감옥에 갇혀 사느라.

윤회

해 이른 아침 잠깐 시간이 괴로운 듯
눈살을 찌푸리는데

산사에 머무는 바람소리
절간 모퉁이 처마 끝에 달린 새벽을 알리려
풍경을 깨운다.

밤낮을 하나로
저 먼, 운명의 수레바퀴 돌리듯
게으른 바람들 선악을 하나로 살지만
분별 잃은 흑심의 업으로
빛과 그림자들
되돌릴 수 없는 망각의 물을 마신다.

인간사, 또 한 날
끝내, 전생의 오늘을 보낸다.

여로

하늘이 자유로운 시간
목적지를 생각하고 가는 길이 아닌데
아쉬움에 가슴 졸이던 계절의 벽을 넘어
나를 만나고
너를 만나고
우리가 만나지는 관계로
나를 찾으려는 길을 간다.

하늘에 해와 달을 가두고
그 소중한 생명의 시간을 다 사느라
너를 깨우려는 침묵으로
이른 시간들 산에 누워 있고
성성한 노인
이른 시간을 강에 서있느라
아기처럼 옹알이를 한다.

태양이 그리운 날
세상은, 도시의 빌딩 사이에 해를 걸고
또, 하루를 숨 쉰다.

습결

아무도 모르는 시작이었다.
혼돈의 다스림으로
음양의 기운으로
해와 달의 움직임으로
우주를 숨 쉬는 하루

하루를 다 사느라
다만, 내 뜻은 이미 없는데

대자연을 살아야 하는 운명
씨앗의 숨소리에 귀 기울이느라
운명에 부서지는 시간
생명의 소리가 되어
오늘을 죽어야 산다.

원행 遠行

어제 온 길이 멀어도
님 그리는 마음으로
눈물 젖은 향기로
홀로 떠나야 하는데

긴 시간의 인연들
가슴에 새겨지느라
초라한 회상

열려진 공간에서
가녀린 초승 달빛으로도
어스름 그믐 달빛으로도
천만 년을 사는데

다정도 정이라
어스름한 달빛에 묻으려
님의 품에서 잠든다.